歌集

遠く呼ぶ声

後藤　由紀恵

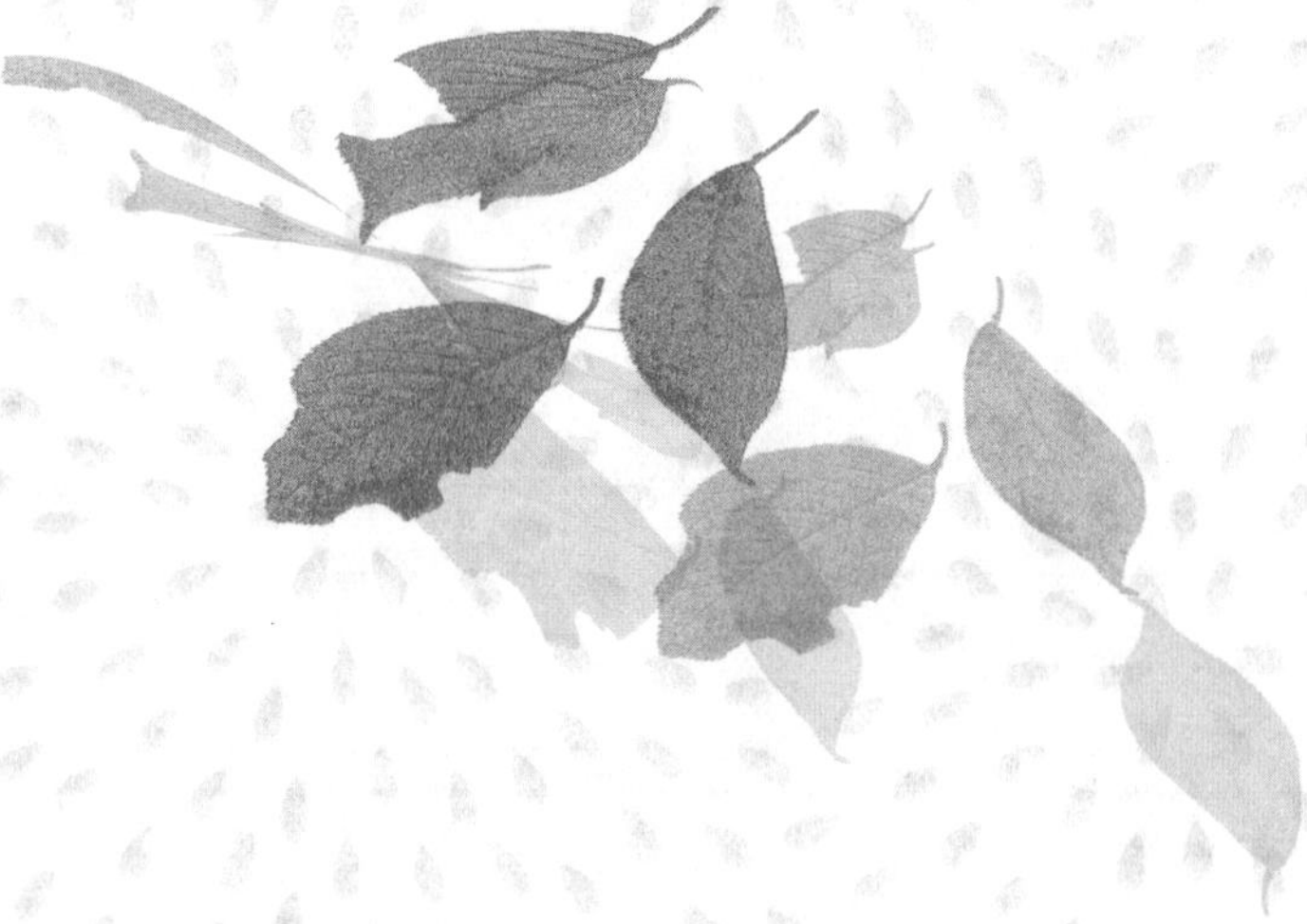

典々堂

＊目次

I

装本　倉本　修

歌集　遠く呼ぶ声

I

五月の空を

子を持たぬままに手放すままごとのような暮らしを五月の空を

すり抜けてしまったものはきっと虹　巻き戻さない淋しさもある

眠らせる薬はいつも白くあり淋しいひとを眠らせていた

さらにまた遠くへ行こうとする声を呼びとめたかった真夜の食卓

ほんとうはあなたの空になれぬこと確かめていた壁うすき部屋

砂を踏む

カレンダー白きまま夏は近づけり　素足で砂を踏むような日々

東京より戻りし理由にふれるたび遠ざかりゆく町ひとつあり

わが死後に年表あらば匂い立つ一行なるか阿佐谷北五丁目

蛇口はた床や言葉の少しずつゆるむ家にてちちははと暮らす

その紺のふかみに夏の死者たちを眠らせ今朝もひらく朝顔

ときおりはわが枕辺の夢としてのっぺ汁など作る祖母なり

地下鉄に席をゆずられ老いてゆく父のコートや母の帽子も

テレビよりラジオを好む母となり壁の向こうの人生相談

胃の痛き数日のありあたらしき診察券の増えて治りぬ

先生と呼ぶひとわれに在ることのしあわせとしてビール飲み干す

木の下にラジオ体操するひとを橋の上から今朝は見かけず

彼岸花

彼岸花に白と黄色のあることを朝のラジオに耳は聞きおり

三十代の半ばをすぎて書き上げる経歴書には余白の多し

胸すこしひらいて秋をうけいれる彼岸花咲く土手を歩きて

ああ空が高いねすごく遠くまで来てしまったねと彼岸花わらう

はろばろと秋へと続くわがうちの水脈《みお》をたどれば銀河のふかさ

テールランプ

仏壇も少しよろこぶ弟の妻となる人むかえし夜は

うすがみに結びし縁をうすがみに解く冬までを妻なりしわれも

まだ少しこころ残して東京に降るはつゆきのニュース見ており

助手席に家族候補のひとを乗せテールランプの遠ざかりゆく

カピバラのわれは夜更けの湯に沈み人の声などひたひた聞きぬ

金　魚

同棲と結婚の差よおとうとのマリッジブルーに春風の吹く

このひとも夫となるのか独身の弟と飲む最後のビール

いつまでも子でいることのくるしさに金魚のような息継ぎをせり

ほんとうには壊れぬわれと知りながら熊の眠りに一年を過ぐ

何年を住むかわからぬ部屋を借りひとりの暮らし整えてゆく

ゴミの日は火曜金曜この町のルールになじむまでのひと月

洗濯物をいつも夜中に干すひとの気配に満ちて窓を閉めたり

絹さやの花の白さに眼はあそぶ区民農園の脇をゆくとき

夏木立

老いという舟に揺られてゆく母を眺めるような電話終えたり

路地に咲くほたるぶくろの鈴なりのひとつひとつに入れるかなしみ

うなぎ屋の脇に咲きたるクレマチス濃きむらさきを風にさらして

土砂降りのように泣くことなくなりて時間はまるく繭のかたちに

泣くことも泣かるることもありし頃と刻まれゆくかわが三十代

夏木立にわたしを待てば四十《よんじゅう》歳に間近き顔のおみな来るなり

なんにせよここにわたしの椅子がある　乱切りにする青首大根

花が静かに

ざんざんと降れば意外なところから雨音のする部屋に眠りぬ

この部屋の扉をノックする何者も待たねば濃くなるわたくしの影

こいびとを妻と詠みたる牧水のかなしみに降る雨音を聴く

淋しさを言えば言うほど淋しくはないのでしょうと花が静かに

疑似緑《フェイクグリーン》のみを商う画面にて傷なき緑のさまざまを見る

ランプのみどり

もたれくる肩をしずかに押し返す微細な力の地下鉄に満つ

行き方を忘れてしまった花園をそれぞれに持つ朝の事務室

舌打ちをされて見送る学生の何もかもうすい後ろ姿を

学生の立ち去りしのちカウンターにきらきら光る爪の一片

予報では午後からの雨　ゆっくりとわたしの窓を曇らせてゆく

外線のランプのみどりわが指に早く出でよと点滅したり

おにぎりを食べる元気が残らぬと就活生の笑いつつ去る

毎日を働くわれのあれこれを隠せるロッカーふふんと立てり

夢の岸辺

はつあきの夢の岸辺を渡りゆく雁の群れなるなかほどを見る

子を産みし友に会うため広げたる横浜市営地下鉄路線図

抱かれしを忘れて育つ友の子が右肩に残すミルクの匂い

あなたからあなたへ渉るひとすじの流れのなかを溶けゆく記憶

枯れてなお匂いの残る花垣を尋ねるごとく秋風の吹く

辿りて春へ

ブルーシートと冬の青さのさかいめを横切る鳥の尾のかたち見ゆ

書店ひとつをドトールにして駅前の再開発の進みてゆくも

駅前の石のベンチのたっぷりと冬日を溜めて人を座らす

すべらかな幹として立つ青年のそのまま口を開かずにいよ

馬として駆けることなき父たちの背を暮れてゆく冬の落陽

小手毬のほろほろ零す目印のような花びら辿りて春へ

とめどなく降る花びらの怖ろしく泣いたわたしに逢いにゆきたし

夜の鯉

グリーンカレー食べつつ職を変えること呟くように友は告げたり

子を生さぬ幸も不幸もひといきに呑み込む夜の鯉ぞわれらは

中世の裸婦となるなら草の上に肉ゆたかなる半身を置く

ほろほろとパン屑こぼす窓際に老女のわたし微笑みながら

性別を持つ淋しさよ実の落ちぬ銀杏並木を見上げておりぬ

冷蔵庫に冷えたる柿のぐずぐずを夜の厨に立ちながら吸う

液晶の照度を下げて見つめいる画面にいつか星のまたたき

やがてくる芽吹きのために筋力の萎えたるわれの荒地に水を

風の屹立

冬晴れのように笑うな何もかも許してしまいそうになるから

ひとり居の算段せよと賃貸か購入か迫るチラシのつやつや

「月々は家賃と同じお値段」に買えるやすらぎを説かれておりぬ

なずみたる稿ひとつある小夜ふけてレトルトカレーに励まされたり

植田正治の砂丘に行きたし白黒《モノクロ》の風なき中の風の屹立

れんげ咲く日

豊洲ゆき新木場ゆきと朝ごとの電車の先によこたわる海

ゆるく巻くストールにヨット描かれてうすももの帆は風を受けたり

この先は海へと続いてゆくことを確かめぬまま途中下車する

一呼吸ととのえる間に咲きほこる桜と思う並木ゆくとき

「職よりもまず卒業をめざそう」と事務員われの声の軽さよ

きまじめさゆえに苦しむ学生の卒業延期資料を作りぬ

辿りつく岸のあらねば学生にまざりて食べる唐揚げ定食

到来のきんつば配られしばらくを粒か漉かと談義つづけり

れんげ畑にれんげ咲く日を待ちながら履修相談会場に向かう

来たよと言い来ましたとなおす学生の素直さ時に可愛くもあり

それぞれの背景にふかく立ち入らずほどよく終わる歓迎会は

海ではないが

子のあらば子の年齢に振り返るあの春のことあの海のこと

職員の皆さまご起立ねがいます一分間だけおもいだします

黙禱を待つわたしたち消音のテレビ画面は海ではないが

「トイレでさ黙禱とかは嫌だよね」学生の声だれも咎めず

あの夜でんきは止まらなかっただから見てしまった水に呑まれゆく人

そうだわたしはひたすら歩いた歩いたら家に帰れること疑わず

春雨のほそく降りつつ死も生もけぶらせてゆく窓の向こうに

砂丘と母

白黒の写真にうつる砂丘には仔犬のように笑う少女ら

人生がまだ始まらぬ顔をして砂丘に笑うセーラーの母

空も砂もグレーの世界に焦燥と野心を抱く少女らの顔

砂を這う風の強さは写らねど髪なびかせて俯くあなた

砂丘より遠く離れし冬の朝われは生まれし母の子として

りんりんと

日傘から日傘へわたる夏の陽をあつめ鎮もる大鳥居あり

ああわれはこの人らの裔りんりんと八月の墓に水かけながら

明治から平成までの幾人《いくたり》の死の日を刻む小さき墓は

老松の肌に触れたるてのひらに松の時間を分けてもらいぬ

たましいの暑気払いなり大瓶のキリンビールを祖父に酌みたり

改札に別るる時の素っ気なさ父とはすいと消えてゆく虹

近けれど触れあわぬ肩それぞれの傘を広げて駅を出でゆく

紅葉してゆく

新聞を取らなくなりてまた秋が　人の死はいつも忍び足にて

お悔やみをメールに述べてなにとなく壁にむかいて正座をしたり

ものなべて秋の気配に深まるを胸の内より紅葉してゆく

乗り換えの駅まではつか開きたる古今集にも光たゆたう

恋の部にならぶ古代のおみならのよろこびかなしみわれに満ち来よ

あれが穂高、とあなたが指せばどの山も穂高となりてわたしに迫る

風のふね木のふね水のふねとなる女のからだ夜を浮かびぬ

ワセリン

くちびるに塗るワセリンのぬらぬらとわれらという語を封じ込めたり

賛成と反対のみの自販機に落ちる硬貨のしろがねの音

泡立ちのよき石鹼に包みおくすぐによごれてしまうこの手を

帰るべき家を探してのれんからのれんに渉る歌人のありき

戦争でなくしたものは教えない青空の底を片眼にのぞく

冬のあなた春のこなたに吹く風を背中に受けてねむる白猫

風の吹くホームのベンチに陽の差せば尻の部分に溜まれる光

虹の彼方

弱冷車に乗れども寒くはつあきの地下ふかくゆく有楽町線

しおり紐のふかき紺いろ垂らしつつめくるページに秋風の立つ

さだまらぬ野分のゆくえをこの朝の話題となして仕事はじまる

卒業の危うきひとりが時給よきバイトの話を延々とせり

バイトばかりの学生にもの言えば「かしこまりました」と神妙な声

まだ秋のとば口なれど荒れやまぬくちびるに塗るリップクリーム

秋の野をわたしのからだを薙ぎたおす野分を待ちて事務室しずか

ベトナム人留学生のファムさんの日本語はいつも漢字のかたさ

卒業後も帰りたくないファムさんは虹の彼方の会社をさがす

II

いずれも言葉

死者たちに囲まれ叫ぶステージの福島泰樹の中折れ帽子

叫ばれて叫ばれて言葉いくつもの墓標となりし一月の空

吉祥寺のライブハウスに逢う死者と逢わざりし死者いずれも言葉

追憶のパラソル振られこの夜を中也が隣に座りておりぬ

その丸きサングラスの奥をつぎつぎと立ち去りてゆく冬の死者たち

三猿

三猿になれざる午後を給茶機のお茶の濁りのようなわたくし

半日を黙の木としてパソコンに向かえば窓にいつよりか雨

ほどほどで良いとは言えず出席の足らざる学生ひとりを叱る

そうやって透けてゆくのか真向かいの席の後輩なにも話さず

ややこしやと呟き舞台を去りゆきし太郎冠者にも爾後の生あり

いつしか冬野

窓に雪あかるみているこの部屋にひとりのための湯を沸かしおり

愛のさなかの声もまぼろしひったりと眼つむればいつしか冬野

切り傷の痛みのような記憶には触れないように繭となりたり

うちつけに産まざることを責められし夢の名残に声は残りぬ

呼べば来るやさしきものを犬と呼び太古のひともわれも抱きよす

豆苗兄弟

眠たさのまぶたに溜まる朝なれば冷たき水にそを漱ぎたり

われの他に動くものなきこの部屋の窓辺に育つ豆苗兄弟

育ちよき方を兄《え》として朝ごとに水を遣りつつ弟《おと》を励ます

遊歩道の手すりを跳ねる鶺鴒の黒と白とが春に浮き立つ

陽の当たる場所から咲いて散ってゆくその正しさにさくらよさくら

春キャベツ

神楽坂の夜を歩けばほろほろと言葉ほどけて愉しきものを

春キャベツよき言葉なりざくざくと音を立てつつ春を分けあう

あん肝もポテトフライも頼みたる四十代の胃袋よけれ

牛すじのお好み焼きを食べ ながらしりとりのような馬の名を聞く

百千鳥あなたこなたに啼く声のおぼろとなりて春も終わりぬ

仮寝

雨音に踏まれたように目覚めれば仮寝の世かもしれぬ茫々

「でない者」に「ではない者」と赤を入れ議事録ひとつ差し戻したり

しつけ糸ほどけぬような日々の中もう読まれない資料を捨てる

疲れると関西弁になる人の向かいの席よりせやなせやなあ

休職をしたいとうすく笑いつつきつねうどんを啜る横顔

学食に日経新聞ひろげたるブラックスーツに夏の陽の差す

新世界まぶしみて往くアントニン・ドヴォルザークの空は晴れたり

しろねこ

しろねこの少女三人《みたり》の陽だまりを探して笑う声のあかるさ

見し秋をスマートフォンに残しつつ冬へと向かう雑踏をゆく

夏のちから秋のちからのすれ違う空に揺れいる木槿のしろさ

やわらかなものにつつまれ眠りたし　生まれ変わりを少し信じて

次の世に甘やかすなら猫とせん秋の日暮れの似合うしろねこ

喪服のボタン

暮れなずむ駅前タクシー乗り場より喪服のわれら運ばれてゆく

睡眠の足らざる眼にかぶせたるレンズに映る長月の雨

ああ影が妙に濃くなるつかの間の生者と死者のまじわる夜は

かなしみの淵に佇むわれらへと君は微笑むおだやかな眼に

さらさらと水や砂などこぼしつつ夜の果てへとすすむ隊列

編集のよろこび語りしかの夏のやわらかな声　風にまぎれて

それぞれに違うかなしみ湛えたる献杯のグラス重ねるわれら

その妻を喪いしひとにお悔やみを告げねばならぬ息を吐き出す

あまたなる歌集の謝辞に君の名の残り続けしことのみ告げぬ

自転車で帰るあなたと笑いつつ別れし夏の大宮駅に

ふたたびは話の出来ぬかなしみに喪服のボタンをゆっくり外す

ほろほろひらく

たらちねの耳より老いてゆく冬のはじめの電話みじかく終えつ

東京では運転しないわれを待つロータリーには母のアルトが

ちちははの暮らしのルールをほそぼそと確認ののち湯につかりたり

父と見る箱根駅伝ひたすらに走る若さをふたり眩しむ

すべからくわれは長女の顔をして飲み過ぎるなと低く言いたり

数日を実家に過ごせば方言のほろほろひらくわたしの言葉

三人のうちひとりは父を喪いて冬日あまねくドトールに会う

初めて会いしは十五歳あおぞらのように笑いあう春であったよ

春の鳥

子であれば子のまま老いるちちははの庭を飛び去る鳥を見ながら

メジロ来てヒヨドリの来てメジロ消え枝に刺したる蜜柑のこりぬ

背を向けて座れば父の沈黙に春の光の溜まりゆくなり

祖父の享年を超えし春の日の父よあなたの鳥は啼いたか

古びたる畳に暫しやわらかな光と影のさざれなみ立つ

浸されて色を変えゆくひとひらの白布のように春の心は

さみどりの壺を満たしてゆくように肺の奥まで息を吸いこむ

この家に子として眠る数日を変若《お》ち返りゆく父と母かな

ホットショコラ

どこまでを愛するだろう溶け残るホットショコラをスプーンに掬う

八重椿を見にゆくことも約束のひとつとなりて店内を出る

あかるくて小雨のなかを東京港連絡橋のきらきらとして

産まぬままの身体につめるやわらかな藁のようなるあなたと思う

有責と雪は似ておりしんしんと世界の屋根に降りつもりゆく

指先ゆるむ

ピアノ譜をひろげし人の左手の二月の光を追うごとくあり

企画展のなき美術館のしずけさに指先ゆるむ仏像と遇う

うすやみのふれあい広場を領としてシロクマ像の空を見ており

遠ざかる白杖の音ホームにはなまぬるき風せり上がるのみ

悲しみはしんしんしんと来よ中年の恋のゆくえを読み終わるまで

今来むと言うひともなく如月の残業の夜を月は照りたり

犬として尾を振りながら見つめてた　空の真中を降りそそぐ花

字余りのような

伸縮のやや自在なるわが身体せまき座席に肩を窄めぬ

東谷山《とうごくさん》に花見をすると母からの二行のメールにわれも花見す

山羊には山羊のわれにはわれの労働が春の光のなかに待ちおり

夕さればこもりし熱を放つごと駅へと向かう波に混じりて

うす雲のひろがる空の暮れなずみひとりとひとりの少女らはゆく

字余りのような日暮れのあかるさに取り残されぬように歩きぬ

アパートの誰かが停める自転車の脇より伸びる草木のみどり

歯を磨き薬を飲みて灯を消して今日も平和なわたしを終える

アッパッパー

色褪せしアッパッパーとあの夏の祖母の笑顔の簞笥にありぬ

なつごろも着ることのなき服なれど捨てられぬまま十年を過ぐ

途中までは身綺麗でありし祖母なれど惚けしことのみ語られゆくか

得しものと喪いしもの数えつつ眠りの井戸をまわる滑車よ

不可思議な柄ばかりなるアッパッパー祖母の好みは今もわからず

扉の前に

縄文のビーナスというゆたかなる下半身もて女はありぬ

総身にいのちを抱え佇みし土偶はふとき正中線持つ

スワトーのハンカチーフに憧れし日焼け少女に似合わぬものを

産まざるを悔やむ日あらんか少しずつ閉ざされてゆく扉の前に

予報より冷たき風に草色のストールすこしきつく巻きおり

母という堅固な領土ひろげつつ微笑む友のなにやら怖し

みんなみんな母は淋しい空なのか時々つめたき雨を降らせて

バカボンのパパ

なむなむとみどりごの声やわらかく秋のはじめのバス停に聞く

バカボンのパパは男の歌ことば宇田川さん詠み大松さん詠む

休職の課長の席を埋めるため季節外れの人事異動ぞ

降格のひととなりたるおだやかな口調の奥は探らずにいる

鳩サブレー一羽のしばらくパソコンの隣に置かれ飛び立てぬまま

降格のひともひとりのパパであり妻と子のため復職するか

水に溶く青のひろがりゆくような空を刷きたるひとすじの雲

クリームソーダ

余命とはかなしきいのち半年が半月となり伯父逝きたまう

しろきシャツを腕まくりして伯父の立つ喫茶フランセよき店なりき

フランセのおじさんと言う時さみどりのクリームソーダは泡を立てたり

幼年期のわたしの夏は泡立てるクリームソーダとおじさんの声

眠るごと逝きしを告げる弟のメール揺れたり夜の車内に

坐るひと立つひとつぎつぎ入れ替えて座席の昏きむらさきの見ゆ

時間とは砂金にあらずさいさいと流れてゆくを見つめるほかなく

身罷りし伯父のからだを包みたる秋のひかりよ燦々とあれ

十月の夢の浅瀬に伯父の立ちリュックを背負いておりしと聞きぬ

来年のカレンダー並ぶこの秋に伯父のからだはもうないのだな、だな

声のみが灯である夜のいくつかを過ぎて今年の秋ぞふかまる

遠く呼ぶ声

立ちて眠り座りて眠る通勤の車内は時にけむりの時間

神妙な耳の聞きたるわが声も流星のごと消えてゆきたり

ブラインド越しに降りたる雨のこと少し話して資料を渡す

つらつらと転職サイト眺めつつきつねうどんの列に並びぬ

遠く遠く呼ぶ声のして振り向けばただ中空にまひるまの月

うすき羽はずして眠る同僚の少女のような老婆のような

目薬をさしても渇くまなこもて冬の銀河を画面に呼び出す

うすやみ

ししむらを冬日に満たし眠りたる犬のねむりに寄りてゆきたり

電子マネーに購うマスクとのど飴と二本の水を枕辺に置く

日降ちののちの薄闇この部屋の扉をたたく使者のごとしも

かささぎの渡せる橋にふる雪の更けゆく頃に雨と変わりぬ

誰も待たぬ部屋のしずけさ告ぐひとの声にひろがる隠沼のあり

身の内に熱のこもりし午後なれば想定内の哀しみの来よ

読みながら眼つむればはろばろと野に降りしきる雪のあかるさ

ここよりはどこへもゆけぬ熱の日のわれはもっとも大きな楔

その声を聴くことはもうないだろう入院の伯母の話を聞きつつ

やわらかく細き声もてよく笑う伯母なりしこと忘れずにいよ

厚みなき名残の月のかすれたる真青の空を窓越しに見る

仁和寺の庭にあなたと見し空のそらの青さはすでにまぼろし

葉　桜　平成じぶん歌

十四歳

みな同じ水を容れたる身体なり机はつねに黒板に向く

あの子にはあってわたしに無いものに埋めつくされてひかる教室

細ひもの黒きリボンを揺らしゆく少女の群れよりすこし離れぬ

「この先も挫折はきっとあるだろう」角の折れたる受験票ありき

友達になりきれなかった人たちのおぼろおぼろと消えゆくものを

はじめから死者として逢う寺山修司《テラヤマ》の処女地の端にしばし佇む

白線の内側に立つここよりは出てはならぬと母の声して

一九九五年一月　阪神・淡路大震災

ありあけの夢ごと揺れて目覚めたる冬の朝の昏さのなかに

地下鉄サリン事件から二十三年

しろき手をかさねて眠る人の手に透けいるあおき血管のあり

背になにか触れてはいるが確かめることの出来ずに揺れいるばかり

大学夜間部へ編入学

夜学なれば森の閑けさ図書館の大漢和辞典に字を拾いつつ

若くなき学生もいてほつほつと仕事のことなど偶に話しぬ

肌さむき書庫にしずかに並び立つ『萬葉集評釋』時間はちから

自宅介護は六年に及んだ

祖母は祖母の布団に小さく眠りおりこの世のことは圏外として

忘れゆく祖母を責めたるある夜のわが声にがく胸にのこりぬ

豆苗が春の窓辺に育ちゆく速さを追えずひたすらに伸ぶ

何日めかもはやわからぬ雨の日のビニール傘もよれよれである

もう何も話さぬとばかりに空だけを見つめつづけし祖母に降る雪

東京へ

風神と雷神従えやすやすとわれを娶りしあかるき声に

せんそうに負けたわたしのからだから書き換えられるひとつの秩序

辛すぎるキーマカレーにしばらくはしずかなふたり　どうぞこのまま

一分は時に長くて沈黙に負けたあなたに謝られており

二〇一一年三月　東日本大震災

かなしみのきわまるところ常に咲く桜のありて風に吹かれよ

やわらかな部分を差し出し護られる夢より醒めし深井とならん

輪郭はつねに濃くあるわたくしであるように飲む若葉青汁

祖父祖母のみな去りしのち正月に旗を上げよという声あらず

葉桜のいきおいを借り東京にふたたび暮らす四月まばゆし

あずさゆみ音なき雨に濡れながらみどり増しゆく葉桜を見る

首すじの寒きまひるま一人居の部屋に巻きたるマフラーの赤

双の手に春の光を抱くごと学園通りの今朝は満開

平成最後の年に

秋に伯父、冬には伯母の身罷りて見ることのなき花の咲きそむ

III

初春

はつはるの増えることなき家族にて雑煮の椀に角餅ひとつ

家中のいちばん寒き部屋にある二列にならぶ四角い餅が

わが暮らしの報告それほど多くなく雑煮の餅の底にしずみぬ

まだ庭にメジロの来ない年明けは人間だけが蜜柑を食ぶ

この先も飼うことのなき猫のこと少し話してストーブを消す

いつまでも子として炬燵にうたたねをしているような帰省の日々は

そしてまたひとりにもどる

ふるさとと呼べぬ街にて一合の米を炊きたり湯を沸かしたり

ときどきはすべて忘れるこころにて夜更けに食べる長崎ちゃんぽん

「おひとりさま」死語とならざる寒の朝つめたき風は髪を濯ぎぬ

もうわれに聴こえぬ春の潮騒のような少女ら肩を寄せあい

まだ消えぬ火がそこにある哀しみや女性専用車両にねむる

いつまでも外様のような東京に平成最後の日食を見ず

つらつら椿

雪の夜の声はくぐもり痩身の伯母の逝きたることを伝えぬ

甘酒を飲みてふうっと逝きたるを母のしずかな声に聴きたり

とろ火のような一日なりしかふつふつと目覚めて眠りついに目覚めぬ

この世でのさいごの飲食あまざけに胃の腑あたため逝きたまうなり

立春の夜を逝きたる伯母のためつらつら椿つらつらと咲け

春の呪文

二〇一一年、エジプト王家の谷にて新たな墓が発見される。ＫＶ64と名づけられた墓には二人の女性が眠っていた。ひとりは王女と推測され、ひとりは神官の娘で神の歌姫であった。王女と推測されるひとりの死から五百年後、歌姫は同じ墓に埋葬されたらしい。それから三千年後の世界を私は生きている。

われの名はネヘメスバステト　神のため歌を捧げし役目のむすめ

蜂蜜に喉をうるおし神のため歌うことしか知らぬくちびる

おはようと声をかけ合う少女らの春の呪文のようなおしゃべり

持ちあるく日数の増せば擦れてゆく文庫カバーの四つなる角は

アレグラに頼りて春のしばらくを花粉症患者に分類されたり

ちちのみの父の命にて神のため生きるからだはまだ魚《うお》のまま

どこへでも行けるからだは雛の日の陽ざしの中を職場へとゆく

人身事故の報の入りていっせいにスマートフォンから顔を上げたり

さんぜんねん経ちて眠りを破りたる息と声とのはげしき波が

この声はあなたではない暗がりに息をからめて聴きしあの声

契約《けいやく》社員も育児休業《いくきゅう》取れると改正を誇らしげに告ぐ天からの声

部長席の奥より爪を切る音のひびきて強く打つキーボード

ドイツ製チョコなめらかに口中に溶けゆき舌は陶然として

太陽神のためにに捧げるうたごえの空の青さに溶けてゆきたり

タワーマンション最上階に太陽を見ることのなき生の愉しも

突き抜けるあおぞらの下わたくしに近づいてくる青年と死と

浅黒き腕にふれたる指先のそこよりはじまる罪というべし

眼にうつるすべてを燃やすほどの赤　夕陽のなかにあなたを探す

備蓄ではない食べものが詰めこまれ冷蔵庫とはたましいの嵩

メキシコ産かぼちゃを煮つつ会議資料の足りないことに思い至れり

かんらくはかいらくに似て抱きよせる腕の熱さを赦されはせず

契約社員の不満を共有しようとすYさん今朝もにこやかに来る

みずからの名前を探すさもしさに音もなく降る三月の雪

この身体ひとつがすべて洞ふかきところに灯る火を確かめて

すなおなる身体はしたがうアラームの音の種類はさまざまにある

二日酔いの顔を映せば鏡には鮟鱇のような人がいるなり

ひとの名を呼ぶたび喉のふさがりてしんじつただの女とならん

声ならぬ声は火となりわが喉の金の小鳥を焼き尽くすまで

ほのじろくほほえむ雛のつぎつぎと仕舞われてゆく暗き場所へと

葬列は砂埃たつ風のなか泣き女したがえわれを運びき

逢うための死と思うほど焦がれたる人かどうかはもはやわからぬ

とりあえず扉を閉ざし行き先を変えて電車は動きはじめる

丹田に力をこめて吐き出だす息なり声なりはるの雲雀よ

転職サイト

ひさかたの転職サイトあかるみて夢のようなる生活がある

会議より戻ればデスクに鎮座する十万石まんじゅう押しいただけり

旅をしても旅人たりしことのなきわたしの身体を濡らす夕立

領空を持たざる鳥の群れなして飛びゆく先にほそき月あり

バスタブは大き湯熨斗ぞしおしおの今日のわたしは肩まで沈む

水沫

M教授の訃報を伝えしメールには残念ですと一言のあり

お互いに抗癌剤には触れぬまま夏のはじめに話したことも

学生の心配ばかりしていたな　教育者のまま逝きし先生

窓口に事務員として話すのみなれど水沫のごとき悲しみ

この先を享年として生きなおす訃報掲示はあわき陽を浴ぶ

万のてのひら

久しぶりとそうでもなしと少しだけ久しぶりなる友だちの顔

京都から奈良へと向かう車内にて互いのうすき膜を脱ぎあう

ああここにも薬師如来を護りたる神将たちのひっそりと立つ

長谷寺から東大寺へとゆく旅の夜更けて池の水面しずまる

誕生日を祝いてくるる友だちと姉妹のようにねむる奈良の夜

興福寺五重の塔をながめつつ朝湯につかる世はこともなし

箸先にちょんと載せたる柚子胡椒こんな奇妙を好きになるとは

大きいことはよきことのひとつ盧舎那仏見上げて祈る万のてのひら

冬の瀑布

スカートの裾をゆらして百合のごと人を待ちたる季節のありき

ぺらぺらの3D写真にねむるひと　わたしがあなたの伯母となるのか

生と死の双子はらみし義妹《いもうと》は冬の瀑布の表情をして

眼をつむりヒトの形をなすものよ　千年万年うまれつづけて

子の名前いくつか告げし義妹《いもうと》の青葉のごとき声の涼しさ

二十二秒

鼻をひろげ頷くように呼吸してみどりごの生ここにはじまる

動画には二十二秒のみどりごの眠りていくども再生をせり

ここに来る前の記憶は花であり光であれよ眠るみどりご

大仏のように眠りしみどりごの眼のひらくをひたと待ちおり

芽吹きゆく約束として薄雲のひろがる午後を生れしみどりご

荒　波

教員も学生も疲れはじめてまだ続くオンライン授業の暗闇のぞく

学内に入る前には検温をしますかうちの子だいじょうぶですか

荒波のごとき声にて大学のせいで病みしと言うを聞くのみ

最後にはクレームとなる親からの電話を受けてしぐれゆく午後

四度目の宣言なればつらつらと謝罪の言葉もなめらかとなり

「悪いのは事務ではない」と末尾にて付け足されたる励ましを受く

それはそうだと思いつつ返信のはじめとおわりに御礼を申す

うちがわをうすく削がれてゆく午後の外線電話またも灯りぬ

夏のゆうぐれ

マスクすることにも倦みて出勤のなき日は籠もりし八重垣の内

昼時のラジオに耳をかたむけて知らない人の悩みを聞きぬ

桃ひとつ冷やしておけば甲斐からの風吹くような夏のゆうぐれ

充電をひとまず止めてしずかなる湖面に呼び出すふるさとの声

ベランダのほおずき日ごと色づきて　帰省はしないと一息に言う

庭に咲く朝顔のこと聞きながら関所はなければど会えぬことあり

知らぬまに滅びゆく種のいくつある　日本国産マスク見かけず

ふところにそっと携えゆくもよし桃の産毛が朝日にひかる

黄金の言葉

ああ夏の驟雨のような訃報なり遠ざかりゆく黄金の言葉

黄金にも鋼にもなる言葉たち　近づきたかったあなたの荒野

会いたいが結びの言葉となる日々を過ごしてふいに夏となりたり

わたしからはみだすものを許さざるわたしでありし少女の季節

YouTubeに中川家を見るくらやみに笑いを少し残して眠らん

窓外を

荒れてゆく肌も言葉も鎮めがたくうすむらさきの木槿ゆれたり

もずく酢の酢になじみたるこの夏は背骨がすこし緩みたるよう

「在宅は週二日まで認めます」一斉メールのおごそかな文字

月曜はプラゴミの日　在宅に当たらぬようにシフトを組めり

幅ひろき刷毛に塗るごと青空をたなびく雲の綿のしろさよ

眼に見えぬものを畏れてマスクしてうつむき歩く人間だけが

不満の種はわれにも芽吹きときどきは風に吹かれて窓の辺にあり

一瞬間に熱は伝わり冷やせども痛みの波の引かぬゆびさき

火ぶくれのひとさし指のゆびさきが心臓となり早鐘を打つ

窓外を大き羽音を立てながら飛ぶなにものかわからぬものが

たまごぼーろ口にふくみて在宅の業務日報みじかく書けり

うちつけにねばる暑さの立ち消えて今朝よりの秋をよろこぶ身体

朝の車内はおおよそしずかマスクしてうつむく人の旋毛がならぶ

乗り過ごすことのなければ今朝もまたパレスに近き駅に降り立つ

あの奥にもマスクをかけて微笑みてしずかに暮らす梔子の花

夏服と合服まざりかたまりの鶺鴒少女ら跳ねてゆくなり

しばらくの休業のちの閉店の道をたどりし「豊浜」もまた

アジフライ帆立フライをご褒美のランチとなしたる春は戻らず

帰省話ひとつも聞かぬ夏は過ぎ給湯室にも秋は来にけり

出勤者の少なき日にはなにとなく声を落として書類を渡す

肩甲骨おおきく回す課長にも翼があったはずかもしれぬ

ロッカーの奥に坐しますジップロックに保存されたるマスク二枚は

ウイルスを絵の具に喩えるCMのみどりが怖いきいろが怖い

意味からはもっとも遠き星として千三百円の葡萄かがやく

気の強そうな貌をしてさみどりのシャインマスカット店先にあり

すれ違うたれもたれもが無言にてマスクの白さ夜に浮かびぬ

わが部屋より出退勤の申請をくりかえしつつ秋もふかまる　か

湯上りの渇くからだに巡らせるノンカフェインの「やさしい麦茶」

ねむることねむれぬことの境界もあわく溶けゆく蒸し暑き夜

うさぎうまのわれが駆けゆく草原に降るきりさめを雨と信じて

ウイルスだけが怖いのではない本当は知っているけれど誰も言わない

平面な時間のままで生きてゆく　除菌シートにスマホを拭う

満月

泣き声を聞かざるままに育ちゆく動画のなかに笑うみどりご

ありふれた喩しか浮かばず満月のようなみどりごふくりと笑う

みどりごを抱く父の手のぎこちなさ　そうか祖父とはそういうものか

わが祖父もわれを抱きし冬の日はそんな手つきであったのだろう

夜の湯にマスクを濯ぐひとときを繰りかえしつつ秋ふかみゆく

水鳥

水鳥のすくなき二月の池の辺のベンチに座りしばらく黙す

また少し湖ひろがりし四十代　真冬の朝にわれは生まれき

ほんとうは沼かもしれぬ湖とながく信じた水の青さも

油淋鶏に唇をよごして笑いあう雪の夜だったね愉しかったね

ややありて降り出す雨を伝えくるひとの言葉も雨に濡れたり

膝をそろえスワンボートを見ておれば一羽あらわれ一羽きえゆく

あらがうか受け入れるかの水ぎわに四十代の陽は暮れのこる

水鳥もわれらもほろびしのちの世を池とベンチを照らす光よ

二五二九人　二〇二〇年三月

悲しみに限りはあらず九年を被災者として生きのびしを聞く

二五二九人を待ちつづけ諦めつづけなおも待つらん

お線香はまだあげられず九年を行方不明の夫と暮らせば

待つことはすなわち認めざることか「死」の一文字が傍らに立つ

待つ母のとなりで乙女さびてゆく「感情のメーター」がゼロ」のまま

去年より減りしは四人　あの人もあの人もまだ待たれているのだ

二五二九人を待ちつづけ春へと向かう東北の空

夢ばかり

夢ばかり見ているような春でした液晶画面にみじかき訃報

最後に会いしはたぶん二年前　夏の帽子のよく似合うひと

耳奥に小さき歌会のひらかれて「島田クン、それはさあ」とやわらかな声

思い出はバトンとなりてそれぞれの小林峯夫を手渡してゆく

八月の樹下

群れなして荒れ地に陣をひろげゆく泡立草の車窓より見ゆ

どの部屋をあたためるのか影のなき団地に消えゆくウーバーイーツ

ワクチンを打つためにゆく二度目なる国立駅に降る天気雨

「あの夏」と記憶されるか八月の樹下にならびてワクチンを待つ

独りなら入院はたぶん厳しいとささやく声をくりかえし聞く

いくたびも身許を確認されながらすすむ列よりふいに逃げたし

やすやすと差し出しているこの先もすこやかであるはずの右腕

北海道小豆の餡にふくらみて密というべきたい焼きを食む

踊り場に

御意と言いすっと消えゆく使者として金木犀の朝を匂えり

砂時計に砂の落ちゆく速さなりマスクを使わぬ日々を忘れて

秋風にあまたの花が触れあわぬように揺れたる秋明菊は

ベランダに白菜を干す窓のありしアパート壊され空のひろがる

ひたいがみを払いし風の冷たさよ　電車の窓は開けられたまま

まだわれは市営団地の踊り場にあなたの帰りを待つ日暮れなり

「淋しい」はここでおしまい豆電球ぱちんと消してくらやみへゆく

雪の別れ

天沼陸橋こえゆくバスの窓に見ゆ冬の朝のましろき月を

この世しかなきこの世にてしろき雪つめたくあなたにふれたのだろう

暮れなずむ末広通りに並びたるわれらの上をジェット機の往く

先生に聞きいしぴろき舞台にて小さきウクレレぽろんと鳴らす

ウクレレをぽろんと鳴らし笑わせてぴろきのさっと舞台を去りぬ

末廣亭に神田伯山語りたる兄と弟《おとと》の雪の別れを

雪の夜の仇討ちのためろくでなしの弟は兄に別れを告げぬ

豆腐入りお好み焼きよ中年の夜の胃の腑をあたためるべし

砂のにおい

渇きたる目覚めの身体をめぐりたるレモン水なるあたたかきもの

くらやみをほのかに照らす希望とはこんなかたちとデコポンを見る

どこからか砂のにおいのする夜の市ケ谷駅のホームに立てば

ひとりずつ見えない誰かを座らせて六人掛けのベンチはならぶ

眠たさの消えないままに少しずつこの世の岸から離れるような

マスクなきこと異教徒として責めたてるわたしのようなわたしばかりだ

密という字がわるものとなり山茶花のひとつふたつの咲き残りたり

あとがき

二〇一三年から二〇二一年までの四八一首をまとめ第三歌集としました。九年分の歌数の多さに想像以上の体力と根気の要る作業となり、途中で何度か投げ出したくなりましたが、無事に一冊となりほっとしています。

四十代も後半となったここ数年、子どもの頃に可愛がってもらった伯父や伯母との別れが相次いでありました。それ以外にも職場や短歌を通してお世話になった方たちとの別れもあり、挽歌の多い一冊になったような気がします。一方で三年前に姪が生まれたことで、子どもの歌を作るようにもなりました。本当に人生はいつ何が起こるのかわかりません。

昨今の状況を見ると世界は不穏な様相ではありますが、姪を含む小さなひとたちの未来が明るいものであるよう祈りつつ、大人として何が出来るのか考えたいと思います。

最後に、ここまで併走してくださった典々堂の髙橋典子様、装幀をお引き受けいただきました倉本修様に厚く御礼申し上げます。

令和五年（二〇二三）夏

後藤由紀恵

後藤由紀恵　略歴

昭和50年（1975）　愛知県名古屋市生まれ
平成７年（1995）　まひる野会入会
平成13年（2001）　第46回まひる野賞受賞
平成15年（2003）　第49回角川短歌賞次席
平成16年（2004）　『冷えゆく耳』（ながらみ書房）
平成17年（2005）　第６回現代短歌新人賞受賞
平成25年（2013）　『ねむい春』（短歌研究社）

現在、まひる野編集委員、現代歌人協会会員

遠く呼ぶ声　まひる野叢書第400篇

2023年10月９日　初版発行

著　者　後藤由紀恵

発行者　髙橋典子

発行所　典々堂
〒101-0062　東京都千代田区駿河台２-１-19
アルベルゴお茶の水323
振替口座　00240-0-110177

組　版　はあどわあく　印刷・製本　渋谷文泉閣